AF220120

Ein Traum der niemals wahr wird

Ein Traum der niemals wahr wird

Bibliografische Information der Deutschen Nationalbibliothek: Die Deutsche Nationalbibliothek verzeichnet diese Publikation in der Deutschen Nationalbibliografie; detaillierte bibliografische Daten sind im Internet über dnb.dnb.de abrufbar.

© 2022 Maria Kropp

Herstellung und Verlag: BoD – Books on Demand, Norderstedt

ISBN 9783756274338

....

Musik ist die Weltsprache, die alle Lebensgefühle
harmonisch erzählt.

Kapitel 1

Berlin.
Es ist wie eine Musik in meinen Ohren, dass erste Mal Berlin, und dann auch gleich noch mein größter Traum der gleich damit in Erfüllung geht.

Ich muss gestehen, meine Träume sind schon sehr verrückt. Aber ohne Träume können wir nicht existieren.

Richard. Ein Traum vom Mann, sexy und sehr ansehnlich.
Die gesamte Band der Wahnsinn. Seit meiner Kindheit begleiten sie mich.

Ich dachte mir fallen die Schuppen von den Augen, als ich die Möglichkeit habe, in Berlin zu arbeiten.

Ich nahm den ganzen Mut zusammen, nahm es an, um Ihn wenigstens einmal zu sehen, auch wenn die Tour der Jungs noch etwas länger geht.

Ich zog entspannt an meiner Zigarette, der Gedanke erregte mich sehr. Dieses Kopfkino Ihn auf der Bühne die Kleider vom leibe zu reißen, anzuketten und auszupeitschen. Ich denke an „Bück Dich", geiler Gedanke. Aber so nah komm ich Ihn niemals.

Einmal seinen Duft zu riechen, anzufassen und zu Küssen. Ein Traum der immer bleiben wird. Ich bin nur eine Sicherheitskraft, vielleicht werde ich ja einmal eins was Besseres belehrt.

Beate Uhse ist ja nicht weit entfernt. Ich brauche nur was schwarzes, Lack und Leder ist da sehr angebracht. Ich erinnere mich an Pussy, das Video was auf einer Porno Seite veröffentlicht wurde, ein warmes Gefühl überkommt mich, ich sehe Ihn und kann nicht aufhören es mir selbst zu machen.

Ich schreie seinen Namen, ich komme zum Orgasmus, noch schöner kann ein Gefühl nicht sein.

Während ich mit der Dispo alle Einzelheiten bespreche, packe ich meine Tasche und hoffe auf einen besten Platz.

Mein Weg zum Laden sang ich im Kopf „Diamant" es ist so passend, wenn ich an Ihn denken muss.

Ich suchte mir was Heißes raus, es soll ja unter der Dienstkleidung neutral bleiben. Aber ich bin für den Fall der Fälle gewappnet.

Kapitel 2

Der Wecker klingelte um vier Uhr, ich begebe mich mit meinem Spielzeug in die Dusche, meine heißen Gedanken am morgen brachten mir Lust auf mehr. Die Gedanken an Richard, wie wir eine heiße Nummer unter der Dusche genießen, es hört nicht auf.

Die Reizwäsche passt wie angegossen, ich ziehe die Dienstkleidung drüber und schminke mich noch schnell. Ich trank meinen Kaffee in einem Zug leer, und dann nahm ich meine Tasche und startete das Auto.

In Berlin angekommen, bekam ich die Information, dass ich den hinteren Bereich bewachen sollte, also Backstage.

Meine Gedanken kreisen und hab mich tatsächlich verlaufen. Sowas kann auch nur mir passieren.

Es war ein langer Flur, an den Türen hingen die Namensschilder der Jungs, ich las Richard seinen Namen an der Tür, mein Herz klopfte. Ich stehe wie versteinert da, meine Beine wurden weich. Meine Angst, dass die Tür aufgeht, wächst mit jeder Sekunde.

Mein Handy klingelte, die Melodie von „Dicke Titten" ertönte laut, als ich in Panik mein Handy suchte, ging die Tür auf. Richard guckte mich grinsend an und ging an mir vorbei.

Ich bin so blöd, wieso habe ich nichts gesagt? Ich nahm das Telefon ab, mein Chef war schon sauer, wo ich bleibe.

Ein Crew Mitglied der Tour kam mir entgegen, ich erklärte Ihn das ich mich verlaufen hatte, netterweise nahm er mich mit.

Am Treffpunkt angekommen, sollte ich meine Tasche erstmal abstellen. Wir wurden der Band vorgestellt, peinlicher geht es nicht mehr.

Ich konnte mein Blick von Richard nicht lassen, dieser Mann, so heiß und vollkommen.

Wir sollten die zwei Tage in Berlin die Position behalten.

Ich bekam sofort Kopfkino, wieso kann ich diesen nicht abstellen, ich muss professionell bleiben und darf mir keinen Fehler erlauben.

Ich kramte einen Zettel heraus, schrieb meine Nummer darauf und gab ihn Richard, danach drehte ich mich um und verkabelte mich erstmal, damit wir bald die Band zur Bühne begleiten konnten.

Das Konzert fing an, wir rockten alle mit.

Ich schrie jeden einzelnen Text mit, zum Glück konnte mich keiner hören noch sehen. Wir sollten hinten stehen bleiben, bis das Konzert zu Ende war.

Plötzlich kam das Lied „Pussy", mein Kopfkino fing wieder an. Ich habe dann sofort das Porno Video im Kopf, da wird einem wieder ganz anders.

Ich hörte, dass mein Chef uns die Mitteilung gab, Rammstein verlässt die Bühne und wir sollten uns alle auf Position begeben.

Langsam kommt der Hunger auf Würstchen mit Sauerkraut, keine Ahnung wie ich darauf gekommen bin.

Die Band verließ die Bühne, Richard grinste und verabschiedete sich von mir, Hoffnung auf eine Nachricht hatte ich nicht.

Das Stadion war leer und wir konnten für den Abend Feierabend machen. Ich stieg übermüdet ins Auto und fuhr ins Hotel, welches wir von der Firma spendiert bekommen haben.

Ich ging sofort unter die Dusche, das heiße Wasser lief an meinem Körper herunter, während auf dem Bett das Handy piepste. Maya schrieb mir den Standort für die Aftershow Party für den Abend.

Ich wollte nur noch ins Bett, so müde und kaputt war ich seid ewigen nicht mehr. Der Wecker sollte sehr früh klingeln.

Kapitel 3

Was für eine Nacht, diesen Traum sollte ich lieber für mich behalten. Ich kann nicht anders, als es mir vor dem Kaffee noch selbst zu machen. Dieses Gefühl von wärme und das unbeschreibliche Kribbeln überall, es kann niemals aufhören und es soll auch niemals aufhören.

Das Handy zeigte auch keine neuen Nachrichten an, etwas ahnen konnte ich es jedoch. Heute Nacht geht es auch wieder nach Hause.

Heute sollten wir ne stunde früher in den Dienst kommen, da wir noch eine kleine Besprechung haben, da gestern einiges daneben gelaufen ist.

Ich war grad im Bad, als ich eine Nachricht über Telegramm bekam. Eine Unbekannte Nummer, es sei schade gewesen, dass ich nicht auf der Party war.

Ich schrieb nur zurück, dass ich nicht wüsste welche Party gemeint ist, und ich auch nicht in Hamburg bin, sondern in Berlin.

Plötzlich kam ein Foto, und ich ließ das Handy fallen. Ich ließ die Nachricht unbeantwortet, starrte den Spiegel an, schminkte mich und verließ das Hotel.

Die Unbekannte Nummer blieb hartnäckig, schickte mir eine Nachricht nach der anderen. Ich musste mich auf das fahren Konzentrieren, aber eine Audio kam rein, ich sollte mich melden, wenn ich offiziell Feierabend habe.

Am Stadion angekommen, las ich die restlichen Nachrichten. Es waren teilweise echt süße Nachrichten dabei.

Ich schrieb irgendwann zurück, dass ich auf der Arbeit bin, und ein akutes Handyverbot habe, und wir uns hören, sofern ich zuhause bin.

Das Buffet war auch schon aufgebaut, so saßen wir alle da und haben erstmal gegessen, bis mein Handy piepste und ich doch bitte zum Flur kommen sollte.

Ich sagte meinen Chef das ich kurz austreten müsste, und ging zum Flur. Mein Herz klopfte, ich hatte das Gefühl, dass es sehr laut klopfte.

Ich stand Richard gegenüber, die Blicke treffen sich schnell. Ohne ein Wort zu sagen, umarmte ich Ihn.

Ich flüsterte Ihn Melodisch ins Ohr „du riechst so gut"

Man spürte die Erektion in mir, mein Atem wurde immer schneller, versuchte mir aber nichts anmerken zu lassen.

Wir redeten gefühlt über die ganze Welt, aber meine zeit drängte zu gehen, solange konnte man ja auch nicht auf der Toilette sein. Ich küsste Ihn auf die

Wange und meinte zu Ihm, dass wir uns später nochmal sehen.

Ich zitterte, ließ mir auch nichts anmerken bei den anderen, wir verkabelten uns und warteten auf die Band, um sie zur Bühne zu begleiten. Das Grinsen war breit als ich Richard sah, ich hatte sofort sein Duft in der Nase, und dann wurde mir klar, der Unbekannte auf Telegramm war Richard.

Die Jungs gaben alles auf der Bühne, schnell verging die Zeit. Ich checkte das Internet und kaufte mir eine Feuerzonen Karte für Hamburg, mir war klar, dass ich Richard wiedersehen muss.

Möge es Kosten was es wolle. Ich reichte für das Konzert in Hamburg Urlaub ein, ich wollte Ihn mal Live sehen.

23:45 Uhr, endlich Feierabend, ich bekam von Richard eine Adresse von einem Hotel welches nicht so weit von meinem entfernt war. Ich meldete mich zurück, dass ich in einer Stunde da wäre.

Ich fuhr ins Hotel, ging schnell Duschen, auf die Unterwäsche verzichte ich heute mal. Ich lief zu der Adresse, zeigte meinen Dienstausweis unten an der

Anmeldung vor, ohne zu zögern nannten sie mir seine Zimmernummer.

Der Fahrstuhl dauerte ewig, bis er ankam, ich drückte den Knopf, meine Hände waren nass, meine Aufregung steigt.

Angekommen klopfte ich an seiner Tür, er öffnet die Tür, in der Hand ein Glas Sekt.

Ich wusste das die anderen Kollegen noch die Aftershow Party bewachten, somit hatte ich bis vier Uhr Zeit.

Wir umarmten uns lange und innig, sein Duft ein Traum.

Ich küsste Ihn am Hals, und dann wanderten meine Lippen höher, wir küssten uns. Er schmeckt so gut, meine Zunge berührte seine.

Plötzlich hörte ich auf, ich schaute Ihn in die Augen und stammelte eine Entschuldigung.

Er fand es nicht schlimm. Aber mir war es unangenehm.

Wir saßen auf dem Bett, tranken Sekt und lachten die ganze Zeit.

Ich konnte nicht anders und fing an Ihn zu küssen, ich zog sein Shirt aus und küsste Richard überall, es scheint Ihm zu gefallen. Meine Hand wanderte immer tiefer, er ließ sich fallen und ich küsste ihn immer weiter am ganzen Körper.

Er schmeckt so gut, sein Parfüm erregte mich noch mehr. Ich nahm meine Hand und öffnete sein Gürtel, zog die Schnalle langsam zur Seite und fing an mit meiner gepiercten Zunge an seiner Eichel zu spielen.

Er schrie auf, ich deutete es als Gefallen an und fragte ihn mit großen Augen, ob ich aufhören sollte, er drückte meinen Kopf tief auf seinen Schwanz, ich würgte und ich merkte nach einem kurzen Moment wie er in meinem Mund gekommen ist. Es schmeckte sehr gut, ich schluckte es runter und bedankte mich bei Richard.

Wir rauchten zusammen eine Zigarette und ich dachte an Hamburg. Vielleicht sehen wir uns wieder, oder es war eine einmalige Geschichte.

Ich lag also in seinen Armen, ein unbeschreibliches Gefühl, Zeit, die niemals enden sollte. Nicht lange und ich schlief einfach ein. Richard weckte mich, denn mein Kollege rief in dauerschleife an, wann ich ihn abholen komme, da es schon nach sechs Uhr sei.

Mist, ich muss ihn ja mit nach Hause nehmen. Ich nahm meine Sachen und gab Richard zum Abschied einen langen Kuss auf dem Mund.

Kapitel 4

Die ganze Autofahrt fragte der Kollege mich, wo ich überhaupt so lange war. Was sollte ich ihn den sagen? Ich meinte ich hätte bei Burger King auf dem Parkplatz geschlafen. Logischer geht es nicht.

Um elf Uhr kamen wir in Hamburg an, ich brachte ihn nach Hause. Ich checkte kurz mein Handy und hatte eine Nachricht von Richard, er wollte mich in Hamburg wieder sehen. Ich schrieb ihn, dass ich eine Karte für das Konzert gekauft habe und wir uns auf jeden Fall wieder sehen werden.

Die zeit bis dahin verbrachten wir mit Telefonieren, Austausch von Bildern und liebe Botschaften.

Ich verliebte mich immer mehr in Richard, ich vermisse ihn so sehr.

Mein Dienstplan kam und ich sollte in Hamburg wieder das Konzert begleiten, wie soll das gehen? Meine Pläne kreuze ich ungern.

Richard war schon ein Tag vorher in Hamburg, ich schickte ihn meine Adresse, falls er doch Lust hätte, könnte er kommen.

Ich meldete mich abwesend, dass ich Privat auf das Konzert eingeladen bin, dafür aber den zweiten Tag arbeite.

Meine Sehnsucht zu Richard muss gestillt werden, ich will ihn spüren, so tief wie es geht.

Ich suchte für das Konzert ein Outfit raus, ich entschied mich für eine enge Hose, ein BH aus der SM Szene und ein schwarzes Top.

Es klingelte an der Tür, es war Richard. Es dauerte nicht lange bis wir uns Küssten, seine erotischen Bilder schossen mir sofort in den Kopf, ich erregte sehr schnell.

Er zog mich aus, schlug mich auf den Hintern und zerrte mich an dem Esstisch.

Er beugte mich nach vorne und spreizte meine Beine und er besorgte es mir. Ich schrie bei jedem Stoß auf.

Ich bekam für jeden schrei einen Schlag auf den Hintern und den Mund zugehalten. Nach einer weile drehte er mich um, zwang mich auf die Knie und drückte mir seinen Schwanz tief in meinem Mund und entleerte sich laut stöhnend.

Richard guckte mich von oben herab an und küsste mich sanft und zog sich wieder an.

Meine Beine zitterten und bekam kaum einen halt auf den Beinen. Richard zündete sich eine Zigarette an und übergab sie mir.

Ich wollte, dass die Zeit nicht vergeht. Die Zeit war so schön.

Aber ich wusste, dass es nur ein Abenteuer ist. Meine Gefühle sind da absolut falsch.

Der Sex mit Ihm ist der Wahnsinn, er weiß was die Frauen mögen, das merkt man eindeutig.

Wir verbrachten die ganze Nacht zusammen, schliefen so oft es ging miteinander.

Ich inhalierte seinen Duft, damit die Sehnsucht nicht so groß wird, den zwei Tage haben wir noch zusammen, bevor er Deutschland erstmal verlässt.

Du bist so schön, so wunderschön

Ich will nur dich, immer nur dich anseh'n

Du lässt die Welt um mich verblassen

Kann den Blick nicht von dir lassen......

Kapitel 5

Ich ziehe mich an, und mache mich für das Konzert fertig. Ich schickte Richard ein Selfie.

Am Stadion angekommen, suchte ich erstmal den Eingang für die Feuerzone. Neben mir warteten noch mehr Fans auf den Einlass.

Wir bekamen alle unsere Bänder und dann ging es schon los. Wir kamen alle rein. Ich stellte mich gleich an die rechte Seite, damit ich Richard gut im Blick habe.

20:30 Uhr kam der große Knall, die Band kam auf die Bühne, die Fans schrien und das Konzert ging los. Mein Blick wanderte gleich zu Richard, und er erkannte mich auch gleich. Unsere Blicke trafen sich sehr schnell und ich lächelte ihn nur noch an.

Seine Augen wanderten immer wieder auf meine Brüste, ich merkte jeden Blick und es erregte mich sehr. Die Gedanken, die Stunden die wir gemeinsam hatten, einfach unvergessen.

Ich wollte in seiner Garderobe auf Ihn warten, ich suchte die Nummer von meinem Chef raus und simste ihn, ob er mich Backstage mitnehmen kann.

Leider war er heute Abend zuhause. Das wars dann.

Ich bekam Lust auf mehr, mehr von Ihm zu spüren und zu schmecken.

Das Konzert war also zu Ende, und bekam eine Nachricht, dass er in einer Stunde bei mir zuhause ist. Perfekt, ich merke wie meine Mumu immer nasser wird, und male mir schon einen halben Porno im Kopf aus. Aber erstmal muss ich nach Hause kommen.

Mir bleibt nicht viel Zeit.

Ich suchte in aller Panik auf dem Parkplatz mein Auto, mein Blick auf die Uhr, ich habe nur noch eine knappe halbe Stunde.

Richard wartete schon geduldig an meiner Tür. Ich stellte das Auto ab und rannte zu Ihm, ich gab ihn eine diskrete Begrüßung, und wir gingen zusammen in meine Wohnung.

Ich fragte, ob ich ihn irgendwas anbieten kann, er muss ja hungrig sein. Grad nach solchen Konzerten.

In der Küche hatte ich noch vom Vortag stehen, aber dass kann man keinen Mann anbieten. Ich nahm mein Handy und bestellte über Lieferando was vom Imbiss.

Ich ging ins Bad, machte mich nach dem Abend frisch, dann nahm ich mein Lieblingsparfüm, Diamant, und stand dann halb nackt vor Ihm.

Er durfte es sich aussuchen, ob er das Dessert jetzt möchte, oder später. Wir entschieden uns für später.

Das Essen kam, ich habe ein paar Kerzen aufgestellt, wir aßen gemeinsam beim Kerzenschein.

Richard erzählte mir viel über sich, es kam mir vor als würde ich ihn schon ewig kennen.

Er lacht sehr viel, ich bekomme immer mehr ein warmes Gefühl im Bauch. Die Schmetterlinge wurden immer mehr.

Wie perfekt und vollkommen kann ein Mann sein? Selbst angezogen war er heiß.

Mir wurde es schon peinlich, dass meine ganze Wohnung voll mit Fotos von Richard und den Jungs ist. Von meinem Kleiderschrank wollen wir nicht anfangen.

Ich kann ihn nicht sagen, dass ich es mir jeden Tag selbst mache, wenn ich mir seine Bilder anschaue, oder über YouTube die Konzerte ansehe. Glaube aber, dass ich dieses Geheimnis für mich behalte.

Sein Schwanz ist so groß und prall, er erfüllt mich einfach.

Ich stand auf, zog meinen Bademantel aus und stand dann nackt vor ihm.

Mein Traum vom Gangbang mit der gesamten Band verkniff ich mir, auch wenn der Gedanke sehr geil ist.

Ich holte meine Kiste aus dem Bettkasten, ich stellte es ihm hin. Sein Blick wurde größer und ich grinste ganz verschmolzen.

Richard durfte mein Herr sein und ich seine Sklavin, ein Spiel, welches ich liebe. Der Mann hätte mich in seiner Hand, dürfte mit mir machen, worauf er Lust hat.

Ich nahm seine Hand und führte ihn in mein dunkles Schlafzimmer, die Fesseln lagen schon alle bereit auf das Bett, die peitsche auf dem Nacht Schrank und reichte ihm das Bändchen, um die Augen zu verbinden.

Kapitel 6

Richard fackelte nicht lange, ich hatte das Gefühl, dass es ihm gefallen würde.

Er nahm das Bändchen, legte es auf meine Augen und knotete es zu.

Mein Bademantel streifte er langsam ab, und legte mich auf das Bett, nahm die Fesseln und fixierte mich.

Ich hörte, wie er aus der Kiste was raussucht, dann legte er mir den Auflege Vibrator auf meinen Kitzler uns stellte es an.

Ich fing an zu zucken, der ganze Körper fängt an zu beben, ich merkte, wie ich komme.

Er hörte kurz auf und machte das Spiel ganze zehn Minuten weiter.

Ich flehte, aber er hört nicht auf mich. Ich merkte, wie er seinen Gürtel öffnet, seinen harten Schwanz rausholt und es mir tief in meinem Mund schiebt. Das Stöhnen wurde immer lauter, und er steckte ihn immer tiefer in meinem Mund.

Ich würgte und merkte einen leichten Schlag auf meine Titten, das zucken wurde immer heftiger, aber einen Orgasmus durfte ich nicht bekommen.

Plötzlich nahm er meine Beine auseinander, und fing an mit der Zunge an meinen Kitzler zu spielen, Oh Gott bitte lass es niemals aufhören, ich stöhne immer lauter.

Wie kann ein Mann so gut lecken, es war, als ob der Teufel persönlich in meinem Bett ist.

Ich schrie nur noch, dass er alles mit mir machen kann, was er will, ob er das verstanden hat, weiß ich nicht.

Nach einer Ewigkeit merkte ich wie sein harter Schwanz in mich eindringt, Richard stöhnt so laut, und es macht mich noch geiler.

Ich befahl ihn mich noch härter zu Ficken, er tat es auch. Er wurde immer schneller, sagte aber er würde gerne in meinem Mund spritzen, damit ich seinen Saft schlucken kann.

Kurz davor nahm er die Fesseln ab, stellte sich vor dem Bett und nahm meinen Kopf und presste ihn auf seinen Schwanz. Ich spürte seinen Schwanz tief in meinem Mund und es dauerte nicht lange, dann merkte ich wie er sich entleerte.

Er schaute mich an und befahl es zu schlucken, ich tat es auch. Es war sehr lecker, ich wollte mehr. Viel mehr.

Richard meinte nebenbei, ob ich nicht Lust hätte, ihn nach Amerika zu begleiten. Er würde mich gerne dabeihaben.

Ich brauche die Zeit zum Nachdenken. Dabei würde ich die Zeit mit ihm sehr genießen. Jeden Tag ausgiebigen Sex haben.

Ich scherzte noch mit einer Hochzeit in Vegas, aber lehnte das Angebot ab, ich habe keinen Urlaub.

Richard blieb diesmal nicht über Nacht, ich habe angst ihn mit der Ablehnung verletzt zu haben.

Auch blieb das Handy diesmal still. Es kam kein Nacktbild nichts, dann wird es morgen auch eine kalte Distanz zwischen uns geben.

Kapitel 7

Die Dusche gibt mir heute das warme Gefühl von Geborgenheit, mir fehlt Richard. Sein Duft, sein Lachen, einfach alles.

Ich nahm das Handy und suchte Richard seine Nummer, ein simples Dankeschön für die Zeit wäre das mindeste.

Es kommt aber nichts zurück. Was habe ich nur angerichtet, er ist vom Wesen her, genau wie ich. Auch schnell auf Distanz, bevor jemand das gebrochene Herz sieht.

Ich überlege zwei Stunden früher auf die Arbeit zu fahren, einen Wegweiser für das Stadion habe ich ja erhalten.

Meine Dienstkleidung riecht voll nach ihm, ich mag die gar nicht waschen, ich brauche ihn, wie die Luft zum Atmen.

Ich bekam einen Anruf aus dem Büro, dass sie mich kündigen wollen, aber heute den Dienst verrichten soll. Anweisung der Band, hieß es.

Super, nun kann ich mir einen neuen Job suchen. Wusste jemand von der Affäre mit Richard? Es war doch alles sehr diskret. Ich überlege den Dienst heute ausfallen zu lassen. Aber das kann ich keinen antun.

Ich mach mich wie gedacht zwei Stunden früher auf dem Weg, und suche das Gespräch mit Richard, dann kann ich mit allem abschließen, wenn ich antworten bekomme.

So stand ich da, vor Richard seiner Garderobe.

Einer von der Band sagte mir, dass er grad nicht da wäre und es nach dem Konzert probieren sollte.

Ich versuchte Richard anzurufen, aber nur die Mailbox. Langsam machte ich mir Sorgen, seit gestern Abend habe ich nichts von ihm gehört.

Kenny und Mario sind auch schon da, natürlich neugierig warum ich schon so früh da wäre. Ich weiche jede Frage aus, es geht keinem was an.

Ich nahm das Funkgerät aus der Kiste, verkabelte mich schon mal und setzte mich an dem Tisch. Ich beobachte, wie der Caterer das Buffet aufbaut.

So starrte ich in die Ecke und in meinem Kopf sang ich Diamant, und merkte den übelsten Herzschmerz seit langem.

Mein Chef kam auch etwas früher, was zur Hölle ist heute los? Es sind alle so komisch.

Er sagte mir, dass der Einlass bald ist und ich zur Bühne soll. Dort wird eine Frau gebraucht. Rechte Seite und nicht Links oder Mitte.

Na, danke auch. Herzschmerz und dann auch noch auf Richard seiner Seite, mehr Pech darf es heute auch nicht mehr geben.

Ich schrieb Richard noch eine Nachricht, dass ich eine wunderschöne Zeit mit ihm hatte, und ihn viel Spaß in Amerika wünsche, daneben Haufen Herzchen und Kuss Smileys.

Etwas kitschig, aber vielleicht mag er es ja.

Ich bekam ein Selfie geschickt, es war von Berlin. Wir beide arm in arm, lächelnd und glücklich. Ich lief den Flur entlang, mein Chef rief mir hinterher, ich soll Richtung Bühne gehen.

Nein, ich hatte was zu klären und knallte ihn mein Ausweis vor die Füße.

Ich klopfte an Richard seiner Tür, und schrie die Tür an, dass ich ihn doch Liebe und er endlich öffnen soll.

Mein Chef wurde das ganze schon peinlich, schrie mich an, ich soll doch keinen belästigen. Meine Antwort passte ihm nicht, dass wir eine Affäre hatten, und das seid Berlin und es für mich mehr, wie eine Affäre ist.

Ich weinte vor Wut, während die Tür aufgeht und Richard mich in den Arm nimmt, meine Lippen küsst und mir seine Liebe gesteht.

Der Firma fiel die Kinnlade runter, damit hätten sie nicht gerechnet, aber ich hob mein Ausweis auf und drehte mich um Richtung Ausgang.

Ich gab Richard einen langen innigen Kuss und meinte nur das wir uns später sehen.

Ich nahm meinen Platz vorne an der Bühne ein. Die Feuerzone füllte sich. Bekam eine Einweisung, was ich im Notfall zu beachten hätte.

Gegen 20:30 Uhr der laute Knall, die Jungs betraten die Bühne. Richard und ich guckten uns an und grinsten. Es ist ein unbeschreibliches Gefühl ihn da oben zu sehen. In vollem Elan, vollkommend und wunderschön.

Ich habe noch nie so einen wunderschönen Mann gesehen. Mein Kopfkino fängt wieder an.

Die letzten Wochen mit Ihm, ich stelle mir vor, wie ich ihn oben auf der Bühne vernasche, aber das kann warten bis Konzert Ende.

Eine Möglichkeit es mir selbst zu machen habe ich jetzt auch nicht.

Bei jedem Lied bekam ich Gänsehaut, dann den Kuss zusammen mit Paul. Ich muss daran denken, wie ich da oben stehe und ihn Küsse.

Mein Kopf singt wieder Diamant, wie passend es doch ist. Er ist so wunderschön wie ein Diamant.

Als das Konzert zu Ende war, wartete ich, bis das Stadion leer war. Ich ging danach zum Treffpunkt, gab mein Funkgerät ab und ließ mein Ausweis bei meinem Chef.

Ich ging gleich zu Richard und fing noch an, ihn in seiner Garderobe zu vernaschen. Es scheint ihm zu Gefallen, den das spontane liebe ich so.

Ich flüsterte ihn leise ins Ohr, dass ich ihn gerne begleiten würde, sofern er es noch möchte.

Er lächelte mich an und würde sich riesig darüber freuen, wenn ich mit nach Amerika komme.

Lass uns frei sein, und das Leben genießen. Mit vielen neuen Eindrücken und hemmungslosen geilen Sex.

Das Ende

05:30 Uhr der Wecker klingelte mich aus dem Traum.

Ich wachte auf, und hatte das breite grinsen im Gesicht. Aber es war ein schöner Traum, und es soll auch nur einen Traum bleiben.

Ich schaue mir die Bilder der Band alle an, ganz Facebook ist damit voll. Ich bekomme die schönsten Erinnerungen an Berlin und Hamburg.

An dem 04.06.2022 erinnere ich mich gut zurück.

Ich war dienstlich in Berlin, hatte eine Position ganz weit hinten. Ich war die einzige Auffällige Frau dort. Hellrote Haare, gepierct und war laut am Mitsingen.

Der nette Pyrotechniker kam an meiner Position paar Mal vorbei, gedacht habe ich mir nichts dabei.

Irgendwann war es zu Dunkel, ich bin nachtblind.

Er berührte meine Hand und lächelte mich an, ich dachte nur noch ob ich ihn ein Foto anbieten sollte, aber ich lächelte zurück.

Ich habe das Konzert mitgefeiert, auf der Leinwand konnte ich die Band sehen, Richard fiel mir gleich ins Auge. Ich habe noch gesagt, ihn würde ich auch gerne mit heimnehmen. Platz im Bett habe ich noch.

Aber ich bin allein nach Hause gefahren. Aber diese Erinnerungen kann mir keiner nehmen. Und dann konnte ich die Tage zählen, bevor es nach Hamburg geht.

Wir hatten zwei Karten für beide Tage Feuerzone, und beide Tage erste Reihe.

Den ersten Tag ging es mir nicht so gut, Migräne und sämtliche schmerzen überkamen mich.

Aber den zweiten Tag ging es mir besser, ich rockte das Konzert mit, mein feuerrotes Haar färbte ich noch morgens nach, tauschte mit Richard blicke aus. Ich vergesse die Momente nie wieder.

Ich danke für die unvergesslichen Momente.